I0546587

4° F
2370

Pièce

Pièce
4° F
2370

SÉANCE DE RENTRÉE

DE LA

FACULTÉ DE DROIT

———◉———

DISCOURS

LILLE

LE BIGOT FRÈRES, IMPRIMEURS-ÉDITEURS

25, Rue Nicolas-Leblanc, 25

—

1900

SÉANCE DE RENTRÉE DE LA FACULTÉ DE DROIT

Le lundi 4 décembre, la Faculté de Droit a tenu sa séance de rentrée dans le grand amphithéâtre de la Faculté des Lettres. Dans l'assistance, composée surtout des étudiants et de leurs familles, on remarquait plusieurs personnes de notre ville qui portent intérêt aux choses universitaires.

M. le Recteur honorait la cérémonie de sa présence.

La Société des Amis de l'Université s'était fait représenter par son Secrétaire général, M. Carpentier.

M. Vallas, doyen de la Faculté, après avoir déclaré la séance ouverte, a prononcé l'allocution suivante :

MONSIEUR LE RECTEUR,

MESDAMES,

MESSIEURS,

La Faculté de Droit de Lille tient cette année, pour la première fois, une séance publique de rentrée. A ceux qui nous font l'honneur d'assister à cette séance, nous devons expliquer l'innovation dont ils sont les témoins peut-être étonnés.

Jusqu'à présent, les Facultés célébraient ensemble la reprise de leurs cours. Elles le faisaient déjà au temps ancien où elles menaient, les unes à Lille, les autres à Douai, des vies séparées. Tantôt les Lillois allaient à Douai, tantôt les Douaisiens venaient à Lille. Il y avait là pour les uns et pour les autres une occasion de se rapprocher que tous étaient heureux de saisir.

Vint le temps de la concentration. Cet événement n'était pas de nature à rompre la tradition de la rentrée commune. Les choses suivirent donc leur cours accoutumé.

Les Facultés furent ensuite constituées en corps universitaire. C'était l'union véritable succédant à la simple juxtaposition. A ce Corps des Facultés fut enfin donné le nom qui lui convenait, celui que le public, devançant le législateur, lui donnait déjà couramment : le nom d'Université. Il était plus

H° F pièce
23/0

334308

que jamais naturel que la tradition persistât. Elle a persisté, en effet, et, maintes fois déjà, vous avez vu l'Université Lilloise convoquant en assemblée plénière ses maîtres et ses élèves pour inaugurer, avec le concours d'un public de choix, la reprise de ses travaux. Les deux dernières cérémonies ont même été spécialement solennelles, présidées qu'elles étaient par des hommes éminents dont vous n'avez pas oublié les éloquents discours.

D'une coutume que le temps semblait de plus en plus affermir, rien ne faisait prévoir la fin. Mais les changements inattendus ne sont pas les moins fréquents. Pour des raisons graves qu'il ne m'appartient pas de faire connaître, le Conseil de l'Université a décidé, non pas de supprimer définitivement la séance générale de rentrée, mais de suspendre la tenue de cette séance jusqu'à ce qu'il lui paraisse opportun de revenir à l'ancien usage.

A la suite de cette décision, qui, par son origine comme par son texte, n'engageait que l'Université, les Facultés avaient à se demander quelle conduite elles allaient tenir. Devaient-elles, au début de l'année scolaire, reprendre silencieusement et sans apparat leurs exercices accoutumés ? Devaient-elles, au contraire, organiser à cette occasion une séance extraordinaire? Entre ces deux partis, la Faculté de Droit n'hésita pas à choisir le second. Nous avons pensé que tous nos élèves y trouveraient quelque plaisir, comme aussi quelque profit; tous nos élèves, dis-je, et principalement les lauréats de nos concours.

En même temps qu'elle soumet l'ensemble de ses étudiants à l'épreuve des examens qui constatent, en les contrôlant, les résultats de leur travail, la Faculté propose chaque année à l'activité laborieuse des meilleurs plusieurs concours relatifs aux diverses branches de son enseignement et dans lesquels chacun peut, non seulement faire montre de savoir, mais encore révéler dans l'ordonnance de la composition, le choix des idées et le soin du style, les qualités spéciales de la littérature juridique. Grâce à des subventions annuelles, qui nous viennent notamment des Conseils généraux du Nord et du Pas-de-Calais, de la Société des Amis de l'Université, de la Société des Agriculteurs du Nord, de la Chambre de Commerce de Dunkerque, ces concours sont plus nombreux ici qu'en la plupart des autres Facultés. Nous devons à ceux qui s'y distinguent de proclamer publiquement leurs succès.

Les raisons que nous avons eues d'organiser cette séance en déterminent le programme. Il consiste essentiellement en une distribution de récompenses.

Pour que ces récompenses apportent à ceux qui les obtiennent un enseignement en même temps qu'une distinction, elles doivent s'accompagner de l'appréciation des travaux qui les ont méritées. En écoutant le rapport de M. Percerou, vous savourerez, jeunes gens, la douceur de la louange. Ne vous plaignez pas si la critique y mêle un peu d'amertume. La louange pure, outre qu'elle n'a que bien rarement l'occasion d'être sincère, n'est pas saine. Elle n'est même pas agréable aux délicats. Ils aiment le plaisir qui s'aiguise d'une crainte. Il leur plaît de sentir sous la flatterie d'une caresse la menace d'une égratignure.

Au programme, dont je viens d'indiquer les parties essentielles, il manquait un ornement. M. Collinet, qui a déjà donné à la Faculté maintes preuves de son zèle toujours éveillé et agissant, a bien voulu se charger d'embellir cette fête. C'est un curieux des choses du passé qui prend un plaisir intense à fouiller les coins les plus obscurs des bibliothèques et des archives et ne rend à leur sommeil et à leur poussière les vieux manuscrits et les vieux livres qu'après leur avoir arraché tous leurs secrets. Pour votre plaisir et pour le nôtre, et aussi pour notre commun enseignement, il a exploré diverses villes de la région et, mieux que personne, il sait maintenant les travaux et la vie de l'ancienne Université de Flandre qui siégeait à Douai. De cette histoire, il va vous lire quelques fragments. Je ne doute pas que votre attention ne soit vivement excitée aux révélations qu'il vous fera de la façon de vivre des étudiants d'autrefois.

Ce n'est point tout que d'arrêter le programme d'une fête. Encore faut-il savoir où la loger. Chose triste à dire, et dont je dois me résigner à faire humblement l'aveu public, la Faculté de Droit ne peut recevoir aucun invité. Elle habite pourtant une maison toute neuve. Ceux qui la lui ont construite ont pensé sans doute que des amphithéâtres et des salles de cours suffisaient à abriter une vie austère et laborieuse. A cette grande dame, ils n'ont point donné de salon. Certes, la Faculté n'est point une mondaine; elle n'a jamais pensé à faire danser personne. Mais il lui serait agréable de pouvoir, à certains jours, offrir chez elle une hospitalité, sinon luxueuse, du moins décente, à ceux qui lui font l'honneur de lui porter de l'intérêt.

Je ne sais plus quel philosophe a dit un jour :

> Quand on n'a pas ce que l'on aime,
> Il faut aimer ce que l'on a.

Heureusement pour ceux qui sont dans le dénûment, la résignation n'est point leur unique ressource. Il ne leur est point défendu d'invoquer le secours d'autrui. La Faculté de Droit a une voisine plus fortunée qu'elle, une voisine qui est en même temps une amie. Sans fausse honte, elle est venue à sa voisine, à son amie, et lui a confié son embarras. Très simplement, celle-ci nous a prêté la plus belle de ses salles. Voilà comment nous pouvons vous accueillir aujourd'hui dans la maison de la Faculté des Lettres. Que nos hôtes veuillent bien recevoir le témoignage public de notre gratitude.

Il n'entre pas dans ma pensée de vous conter par le menu les événements qui ont marqué le cours de l'année présente. Nous avons accompli le mieux que nous avons pu notre besogne accoutumée. Nous avons fait des cours et des conférences. Nous avons fait passer des examens, inclinant à l'indulgence plutôt qu'à la sévérité. Ceux qui n'ont pu franchir la passe étaient vraiment des marins trop inexpérimentés.

Des faits qui se sont accomplis parmi nous, je ne veux retenir ici que ceux qui sont les plus propres à vous intéresser et qui concernent soit l'enseignement, soit le personnel enseignant.

Un enseignement nouveau a été institué en notre Faculté. Par arrêté ministériel du 16 mars 1899, M. le professeur Mouchet a été chargé d'un cours d'enregistrement, créé par l'Université. Ils sont nombreux, à Lille, les jeunes gens dont ce cours peut servir les intérêts. Le professeur a su grouper et retenir autour de lui une quinzaine d'auditeurs assidus. Ce chiffre dit assez l'utilité de l'enseignement et la valeur de celui qui le donne. Le Conseil de l'Université ne peut que se féliciter de son œuvre. Nous lui en sommes très reconnaissants.

Le personnel enseignant a subi plus de modifications que l'enseignement lui-même.

M. Bourguin a été, sur sa demande, transféré de la chaire de Droit administratif dans la chaire d'Économie politique. Les études économiques sont depuis longtemps chères à M. Bourguin.

Il y a affirmé sa compétence par des œuvres remarquées. Un arrêté ministériel du 1er août 1899 l'a nommé membre du Jury d'Agrégation dans la section des Sciences économiques. Aucun choix n'eût été mieux justifié.

M. Peltier a été nommé professeur-adjoint. C'est la Faculté qui a demandé pour lui cette promotion, montrant ainsi en quelle estime elle tient ses services. Grâce à M. Peltier, l'histoire du Droit est florissante à Lille, et de très bonnes thèses de Doctorat sont venues attester la fécondité de son enseignement.

Deux de nos collègues nous ont quittés, MM. Jacquelin et Dubois. M. Jacquelin avait été nommé, par décret du 8 mai, professeur de Droit administratif. A peine avions-nous eu le temps de nous réjouir de cette nomination, qui semblait devoir le fixer pour longtemps parmi nous, qu'une nomination nouvelle appelait notre collègue à Paris. En se séparant de nous, M. Jacquelin emporte tous nos regrets. Reçu premier au concours d'Agrégation, il a tenu les promesses de son brillant début. La rigueur de sa méthode, la clarté et la précision de sa parole lui avaient assuré une grande autorité sur ses élèves. Son cours de Droit administratif et son cours de Droit constitutionnel avaient obtenu auprès d'eux un égal succès, également mérité. Ce double enseignement était bien placé entre ses mains. En le félicitant de sa nomination à Paris, nous avons le devoir de le remercier de sa très utile et trop courte collaboration.

M. Dubois vient d'être attaché à la Faculté de Poitiers. Nombreux étaient les liens qui le rattachaient à notre Université. La Faculté des Lettres l'avait fait licencié. La Faculté de Droit l'avait fait docteur. Il était à la fois notre collègue et notre ancien élève. A ce double titre, il nous était cher. Nous faisons des vœux pour que, conformément à ses désirs, il retrouve un jour une place au milieu de nous.

Pour combler les vides qui se sont faits dans nos rangs, de nouveaux collègues nous sont envoyés. Nous avons, il y a quelques jours, installé M. Guernier. C'est le louer que de dire qu'il avait été remarqué par l'Administration supérieure dès avant qu'il fût agrégé, et chargé par elle d'un cours d'Économie politique à l'Université de Lyon. Nommé agrégé à la suite du dernier concours, il a été, sur sa demande, attaché à la Faculté de Lille. Nous souhaitons la bienvenue à M. Guernier.

Nous la souhaitons aussi à M. Mestre, qui arrivera à Lille avant la fin de la semaine et dont je puis, dès à présent, faire un éloge peu banal en disant qu'il a conquis cette année deux diplômes de docteur et le titre d'agrégé.

Nous la souhaitons enfin à M. Marie, qui fait aujourd'hui pour la première fois acte de présence ici. M. Marie est un des meilleurs élèves de la Faculté de Caen, où il a remporté de nombreux et brillants succès. Le Jury du dernier concours de Droit public l'a jugé digne du titre de chargé de cours. C'est une première étape sur le chemin de l'agrégation.

Qu'il me soit permis, en terminant, de saluer l'entrée de la Faculté de Droit dans le monde des capitalistes. Nous nous en réjouissons, car c'est en se constituant un patrimoine qu'on affirme dans l'ordre matériel sa personnalité. Notre fortune, encore bien modeste, est représentée tout entière par un titre de Rente sur l'État, dont les arrérages annuels n'atteignent pas tout-à-fait la somme de 90 francs. Mais qui n'a rien se montre satisfait de peu. C'est de son ancien doyen Drumel que la Faculté tient son premier avoir. Un décret du 3 février 1899 a autorisé notre acceptation d'un legs de 3,000 francs, dont les revenus devront être employés conformément aux volontés du défunt. Il nous a été particulièrement agréable de recevoir les premiers éléments de notre patrimoine d'un homme dont l'activité s'est toujours dépensée à notre service ou en notre faveur, et dont nous entourons le souvenir d'une affectueuse vénération.

**

La parole est alors donnée à M. Collinet, dont le discours est, à plusieurs reprises, interrompu par les applaudissements de l'auditoire. M. Collinet avait pris pour sujet : *Les Etudiants en droit à l'Université de Douai au XVIIIe siècle.*

Monsieur le Doyen,

Mesdames,

Messieurs,

Puisque la réunion de ce jour est avant tout la fête des étudiants, j'ai pensé qu'il serait de quelque intérêt pour eux d'entendre évoquer le souvenir de leurs prédécesseurs du dernier siècle. Et je n'ai pas eu la peine de chercher bien loin

mes renseignements : je les ai empruntés à la Bibliothèque de
la ville de Douai et aux Archives départementales. Ainsi l'at-
trait qui s'attache à tout sujet historique se doublera, je l'es-
père, pour mes auditeurs, de l'intérêt spécial qu'inspirent les
choses du passé local. Loin de moi, d'ailleurs, la prétention
de vous présenter le tableau complet de la vie scolaire à Douai
au XVIIIe siècle. Je détacherai simplement de mes notes certains traits saillants sur les études d'alors — ce sera la première partie, la plus aride de mon discours — et sur la vie
extra-universitaire d'antan ; — ce sera là peut-être que vous
trouverez quelque mérite à mes paroles, car j'y parlerai moins
que les documents eux-mêmes.

I

Le jeune homme qui commence ses études de droit sort de
l'un des Collèges qui pullulent à Douai dans l'orbite de l'Université. Il a, après ses classes élémentaires, suivi les cours de
cinquième, quatrième, troisième, seconde, rhétorique, logique
et physique, ayant duré chacun une année. Sans avoir eu
l'ennui de passer deux examens de baccalauréat, il s'est fait
inscrire, au commencement de l'année scolaire, c'est-à-dire
alors au mois d'octobre, « dans les Registres des Immatricu-
lations » de l'Université, et il a prêté devant le Recteur le
serment d'être fidèle au Saint-Siège apostolique et à Sa Majesté
très chrétienne, d'être obéissant au Magnifique Recteur de
l'*Alma universitas*, de se conduire en bon étudiant et suppôt
de cette même Université. Après quoi, sur sa présentation à
la Faculté des deux Droits (Droit canon et Droit civil), les
« bedeaux » — qui sont à la fois les appariteurs et les « gref-
fiers » de leurs Facultés — l'inscrivent parmi les écoliers de
cette Faculté. Dès lors, il est, dans le langage de l'époque,
baptisé « légiste ». Mais il n'est vraiment légiste que s'il aspire
à la licence, et il n'y peut aspirer qu'en se faisant inscrire
entre dix-huit et vingt-cinq ans. Au-dessus de cet âge, un
régime spécial, n'exigeant que six mois d'études, est organisé,
celui dit des « bénéficiers d'âge », quelque chose comme notre
certificat de capacité. Quant au groupe des étudiants en doctorat,
qui forment aujourd'hui la troisième catégorie de nos élèves,
il n'existait pas ; car le titre de docteur était, en fait, le
monopole des professeurs.

« Légistes » et « bénéficiers d'âge » réunis, la Faculté de Droit de Douai n'a jamais eu une population bien nombreuse : les statistiques (qui, du reste, sont rares) nous indiquent : en 1744, la présence de 44 étudiants ; en 1772, 70 ; en 1773, 88 ; en 1774, 65 ; en 1770, une centaine.

Voilà notre jeune juriste en voie de conquérir ses diplômes de bachelier et de licencié *utriusque juris*. Quels cours aura-t-il à suivre pendant ses trois années d'étude?

Le programme des anciennes Universités n'offre pas — loin de là — la richesse de notre programme actuel, que d'aucuns trouvent — à juste titre, selon moi — trop chargé. Il ne comprend alors, en sa pauvreté, que le *Droit canon*, le *Droit civil* (terme qui désigne le Droit romain par opposition au Droit canon) et, seulement depuis 1750, le *Droit français*. Ne vous fiez pas d'ailleurs aux titres des deux premiers enseignements : ce sont, au premier chef, des enseignements pratiques, dans lesquels, tout en exposant les matières canoniques et romaines d'après les sources antiques, les professeurs sont tenus — suivant les édits royaux — d'observer « quelles sont les maximes et ordonnances du Royaume [de France] et des Pays-Bas », ainsi que l'état de la jurisprudence.

L'année scolaire, plus longue que de nos jours, commence au 5 octobre et finit à la Madeleine (22 juillet); elle est interrompue les jeudis de chaque semaine et le temps de vacances ordinaires aux grandes fêtes.

Les cours ou « leçons » se donnent tous dans la matinée. Leur répartition est minutieusement réglée par les nouveaux *statuts* de la Faculté (décrétés par déclaration royale de 1749) : de huit heures à neuf heures et demie, se donnera une première série; de neuf heures et demie à onze heures, une seconde, au choix des professeurs; l'heure de onze heures à midi — une heure seulement — est réservée à la leçon du Droit français. Il est à remarquer qu'en cela, comme à d'autres points de vue encore, l'enseignement spécial du Droit français est, en quelque manière, inférieur aux autres : pour ne citer de ce fait qu'un exemple, plus sensible — il est vrai — au professeur qu'aux élèves, je constate que le titulaire de cette chaire touche 900 livres, tandis que les deux « primaires du Droit canon et du Droit civil » touchent 950 livres.

Les leçons sont, pour partie, distribuées dans chaque année par la déclaration de 1749, — d'autres laissées au choix des élèves. Mais nous lisons, dans un précieux *Mémoire envoyé* [en 1786 par la Faculté] *à Monsieur de Barentin, premier Président de la Cour des Aides et Doyen d'Honneur de la Faculté de Droit, à Paris*, qu'en fait « les écoliers prennent, la première année, la leçon des Institutes en Droit civil et celle du Droit canonique; la seconde, la leçon du Digeste et une autre à leur choix; la troisième, ils prennent la leçon du Droit français et une seconde leçon encore à leur choix. » Chaque cours comprend la dictée et l'explication d'une matière pendant une heure; la demi-heure restant est consacrée à des exercices pratiques « de répétition et de dispute », comme nos conférences actuelles.

*_**

Les examens qui se passent à la fin de chacune des trois années de licence ne ressemblent guère à ceux d'aujourd'hui. Ils en diffèrent d'abord par la façon même dont ils se passent. Les étudiants sont tenus de présenter leurs cahiers de notes, qui doivent reproduire textuellement la dictée du professeur; ces cahiers sont ouverts au hasard, et c'est l'endroit où s'ouvre le cahier qui détermine l'objet des questions posées.

Ils en diffèrent aussi en ce que, pour obtenir les grades de bachelier (en deuxième année) et de licencié (en troisième année), les règlements requièrent — en plus des examens — la soutenance d'une thèse comportant plusieurs conclusions de Droit civil et canonique, dont les sujets — pris parmi des controverses passionnantes — sont imposés par la Faculté.

Au point de vue matériel, la thèse n'est pas un volume comme nos thèses de doctorat ni une brochure comme l'étaient feu les thèses de licence; les exemplaires qui ont été épargnés par le temps nous les montrent sous la forme d'une simple feuille de papier fort, portant, imprimée en une phrase lapidaire, la thèse que se propose de soutenir l'aspirant-bachelier ou l'aspirant-licencié. Avant 1750, le candidat ajoutait aux « conclusions » imposées, des thèses imaginées par lui et qualifiées d'« impertinens »; parce qu'elles revêtaient souvent le vêtement du paradoxe. L'édit de 1750 les supprime sous prétexte qu'elles n'agitent que « des questions basses, puériles et indécentes » ! Je crois, pour ma part, que les rédacteurs des statuts ont exagéré. J'ai pu voir, à Douai, les thèses de

Jacques-Philippe Le Sellier, un futur professeur de l'Université, et voici deux de ses « impertinentia » :

IMPERTINENS CIVILE

Perfecta venditione periculum rei venditae pertinet ad emptorem.
« La vente une fois parfaite, les risques de la chose vendue passent à l'acheteur. » Rien ne peut s'imaginer qui ne soit plus sérieux et moins indécent. Et que dire de cet *impertinens morale* ?

IMPERTINENS MORALE

Nocte dieque leges	« Tu liras nuit et jour
Si vis cognocere leges.	» Si tu veux connaître les lois.
Doctor eris legis	» Tu seras docteur en droit
Si bene jura legis.	» Si tu lis bien le droit. »

Ce quatrain, qui devient banal en passant en français, n'a rien, n'est-ce pas, de l'immoralité de ces morales qu'on trouve en queue de certaines chansons modernes; il est tout au plus, dans son latin de juriste, banvillesque avant la lettre.

Les thèses, alors, se soutenaient — au sens propre du mot. L'étudiant devait défendre ses conclusions contre les argumentations de ses camarades ; la présidence d'un professeur, d'après les règlements, empêchait toute collusion entre les argumentants et les répondants, menacés de toutes les foudres disciplinaires s'ils étaient convaincus de s'être communiqué, au préalable, leurs arguments.

***

La discipline intérieure formait la préoccupation constante du « Prieur » chef de la Faculté (notre doyen actuel). Il tenait une main très ferme à ce que l'appel fût fait régulièrement et nous possédons sur ce sujet l'opinion intime de la Faculté exprimée dans le Mémoire de 1786 déjà cité :

« Les écoliers vont en classe très assidûment. Ils y sont d'autant plus nécessités que les Professeurs font l'appel très fréquemment, et que quatre absences dans un trimestre le rendent nul. On est si rigide sur ce point que sept écoliers ont, cette année, fréquenté dans leur quatrième année pour completter les trimestres dans lesquels ils avaient eu quatre absences pendant leur cours. Cependant ils avaient presque tous pleinement satisfait aux épreuves. »

Et plus loin, exposant ses vues de réforme, la Faculté ajoute :

« Quant aux écoliers, nous sommes convaincus qu'on ne peut employer trop de rigidité pour les obliger d'assister exactement aux leçons. On exciteroit parmi eux une grande émulation, si on distribuoit des médailles de quelque valeur, aux cinq ou au moins aux trois qui se seroient le plus distingués aux examens et aux thèses : surtout si ces honneurs pouvoient être de quelque considération pour obtenir la préférence en cas que dans la suite ils se destinent à une charge de judicature. »

Le défaut d'assiduité aux cours n'est plus sanctionné aussi énergiquement que jadis, et peut-être faut-il le regretter, dans l'intérêt même des étudiants. En revanche les encouragements ne leur manquent pas en notre Faculté, mieux dotée par les Conseils généraux et les Sociétés locales que ses sœurs de province : les heureux vainqueurs de nos joûtes en recevront tout à l'heure la preuve palpable. Quant à la prise en considération de ces « honneurs » pour les charges de judicature, elle est aujourd'hui, Messieurs les lauréats, la récompense réelle et précieuse de vos victoires. Reportez-vous, pour le constater, au dernier § des « Instructions particulières » annexées aux affiches de notre Faculté. Ainsi se sont accomplis de nos jours, les vœux faits en votre faveur par nos vénérés ancêtres, à la veille de la Révolution.

II

Cette discipline de fer ne laissait pas de poursuivre l'écolier en dehors des locaux universitaires.

Au XVIIIe siècle encore, l'Université de Douai n'oubliait pas ses origines. Elle se souvenait qu'elle avait été fondée en 1562 par Sa Majesté Catholique Philippe II, roi d'Espagne, « pour la conservation et maintenement de la vraie Religion et Foy catholique » dans les Pays-Bas. Elle exigeait donc encore de ses « suppôts », et très énergiquement, une conduite sage et des mœurs décentes.

Le Règlement de 1750 contient deux ou trois articles qui nous donnent le ton de la discipline d'antan :

« Art. 113. — Les Écoliers seront vêtus d'habits décens et conformes à leur état; ils ne pourront, de quelque état et condition qu'ils soient, porter d'épée, ni autres armes, de jour ni de nuit, dans la Ville de Douay, sous peine de 12 florins d'amende, même d'être chassés de l'Université en cas de récidive.....

» Art. 114. — Défenses sont faites pareillement à tous Écoliers de boire ni joüer dans les cabarets, de danser publiquement, d'aller à la chasse, d'entrer pardessus les murs dans les maisons et jardins, sous peine de 6 florins d'amende, et même de prison, suivant l'exigence des cas.

» Art. 115. — Aucun Écolier ne pourra aller par les rües après la retraite sonnée, sans une permission écrite du Recteur, à peine de 3 florins d'amende s'il a une lumière, de 6 florins s'il n'a pas de lumière, de 12 florins s'il a des armes avec une lumière, et de 18 florins et de prison, s'il est armé et sans lumière.... »

Cette gradation minutieuse ne vous rappelle-t-elle pas, Messieurs, la tarification étroite des législations les plus archaïques, de la loi des XII Tables ou de la loi Salique?

Certes, à Douai, au XVIIIᵉ siècle, toute précaution n'était pas inutile à l'égard surtout de ceux des écoliers qui n'habitaient pas, en qualité de boursiers, les Collèges et Hôtels académiques. Les documents du temps font mémoire de certains exploits des étudiants qui — sans compter ceux que nous ignorons — méritaient vraiment des punitions. C'est ainsi qu'en 1729, le Promoteur de l'Université — dont le rôle est celui d'un Procureur général — fut autorisé à poursuivre les étudiants qui avaient cassé les vitres et les fenêtres chez M. Le Pan, professeur en Droit!

Pour la même cause, leur turbulence naturelle, ils s'étaient fait exclure en 1629 de la procession qui solennisait chaque année la reprise des travaux de l'Université; en 1775 seulement, les bacheliers des Facultés de Droit furent autorisés à y reparaître, à condition « de ne jetter ni distribuer du sucre, ni de commettre aucune autre indécence pendant le cours de ladite procession, ni de s'assembler entre les deux tours d'icelle sous prétexte de déjeuner ou autrement ».

Il faut convenir cependant qu'en bien des circonstances la discipline était excessive. Que les Recteurs aient tenu à maintenir la bonne renommée de Douai, où — suivant l'expression d'un correspondant du cardinal de Granvelle — « les cognoissances ne sont si grandez ny les filles si practiques », on ne peut que les en féliciter. Mais certains d'entre eux exagéraient vraiment leur désir d'épargner à la jeunesse les occasions de dissipation.

Voici l'exemple de sévérité le plus frappant que je connaisse. Le 21 janvier 1741, le Recteur Doutart rendait une ordonnance que je traduis textuellement du latin :

« Sur le rapport que les étudiants de la Faculté des deux Droits se prétendent exempts des ordonnances de nos prédécesseurs, qui font défense à tous écoliers de cette Université d'assister à la Comédie sous peine de 6 florins d'amende et en plus de prison, nous ordonnons que ladite ordonnance sera mise à exécution contre tous et chacun des étudiants de cette Université, sans excepter les étudiants en la Faculté des deux Droits, pas plus que les étudiants dans n'importe quelle Faculté; c'est pourquoi nous mandons à notre Promoteur d'agir contre chacun des contrevenants par les voies ordinaires. »

Aussitôt le Collège des Bacheliers — sorte d'Union des Étudiants — s'émut, et, par la plume de son fisc — le Président, — adressa au Recteur une requête que, malgré sa longueur, vous ne m'auriez pas pardonné — après que vous l'aurez entendue — d'avoir simplement résumée :

A Monsieur,

Monsieur le Recteur magnifique de l'Université en la ville de Douay,

Supplient très humblement le Collège des Bacheliers en la Faculté de Droit de cette Université, joints à eux les étudiants en la même Faculté.

Remontrent que, leur ayant été défendu par votre ordonnance, MONSIEUR, publiée le 21 de ce mois, d'aller à la Comoedie ; ils se seroient sur le champ adressé à Votre MAGNIFICENCE pour la supplier de revoquer la susditte ordonnance, et de leur permettre en conséquence le plaisir de cet honnête amusement.

Les suppliants espèrent que si on veut prêter attention aux raisons qu'ils allègueront dans la suite, l'ordonnance demeurera dans son inexécution.

Les étudiants en Droit ne s'arrogent point le titre téméraire de se dire exempts des ordonnances rendues par les Recteurs prédécesseurs, ny de se soustraire à l'obeïssance qu'ils se font honneur de rendre à ce qu'il leur a plu de prescrire : ils sçavent trop le devoir de la soumission, et du respect qu'ils doivent à leurs supérieurs et à leurs loix ; aussi ce n'est point sur ce faux principe d'exemption qu'ils ont taché à faire retracter l'ordonnance du 21 janvier, mais c'est sur des raisons de bienséance et de convenance, fondées dans la source de leur état et dans les qualités indispensables qu'il demande ; les voicy (1).

Les étudiants en Droit, par le choix qu'ils ont fait de cette étude, ont fixé leur état pour demeurer dans le monde.

La profession d'avocat, qui en est le fruit, veut être ornée de caractères infinis ; et, d'autant de qualités pour y exceller, la première c'est l'éloquence qui ne s'acquiert pas sur les bancs d'une école, ni mesme dans le cabinet.

L'homme du monde né le plus éloquent, qui ne cultive point son éloquence naturelle par l'art, ne peut pas faire un discours en public avec grâce, avec forme, avec ordre, et avec conduite ; c'est un vaisseau sans pilote qui s'avance en pleine mer, mais après avoir erré çà et là, il est emporté malgré luy et se perd. L'art est donc absolument nécessaire pour former un avocat, et surtout un avocat éloquent.

Car, quoique la grandeur du génie et le jugement solide soient des talents naturels pour bien dire, cependant si l'on ne joint à ses talents l'usage du monde et la connoissance des belles-lettres, on ne parviendra jamais à ce haut degré de l'art.

C'est donc l'usage et la practique du monde qui forme un jeune homme qui veut y prendre son établissement : cet usage le rend actif dans ses travaux, hardi dans ses entreprises, et poli dans ses discours : la connoissance de belles-lettres luy fournit cette solidité de raisons par lesquelles la vérité perce, et de là naît la prononciation nette et animée qui ravit l'auditeur.

Mais où puise-t-on la source de tous ces beaux dons ? C'est dans les chaires, les playdoyés et les pièces de théâtre. On ne s'arrêtera qu'à l'éloge de ce dernier point, parce que c'est le seul en mouvement (2).

Les auteurs les plus polis et même pieux conseillent à un jeune homme du monde, s'il veut se perfectionner dans la société civile, de ne point négliger les belles pièces de théâtre, et de suivre les comœdies ; c'est là où règne la politesse dans les manières, la justesse dans le discours, l'arrangement dans l'espèce, et la netteté dans la prononciation.

Le bon acteur enseigne l'art de bien parler, de s'exprimer avec grâce, il sçait émouvoir, étonner et ravir un spectateur ; il entre dans les différentes passions, suivant les différens caractères ; l'avocat doit-il en sçavoir moins ? ne doit-il point avoir la justesse dans le discours, l'ordre dans le fait, la netteté dans la prononciation ? ne doit-il pas être éloquent et s'exprimer avec grâce ? ne doit-il point

(1) J'ai corrigé quelques fautes d'étourderie du copiste.
(2) *En marge* : Voiez le traité du Vray mérite, par M. Le Maistre.

apprendre l'art d'émouvoir, étonner, ravir et pénétrer le cœur des juges ? où peut-il copier cette haute science que sur l'original d'un parfait acteur ?

Il faut à l'avocat le geste aisé et à propos, le ton de voix plus ou moins haut, suivant les conjonctures, tantôt fier, tantôt humble : où est-ce donc qu'on donne cette leçon ? est-ce dans les écoles, dans les livres, dans les cabinets, dans le monde même ? non, il n'y a que le seul théâtre qui puisse former au juste la délicatesse de ce goût : aussy, voyons-nous les magistrats, les gens du Barreau et ceux que la profession engage à parler en public, courir aux pièces de théâtre pour se familiariser aux charmantes leçons qu'un acteur spirituel prodigue avec éloquence.

Les étudiants en droit sont à la veille d'être dans ces emplois honorables ; leur profession est attachée au barreau ; ils doivent donc en avoir l'éloquence, autrement ce seroit les laisser croupir dans la rudesse et dans une espèce de grossièreté que de leur interdire, ce qui peut seul les instruire.

Leurs parents, bien éloingnés de leur défendre ce plaisir instructif, s'en font un bien agréable de les conduire eux-mêmes à ces spectacles. Ainsy, Monsieur, puisque vous représentez ces parens, imitez leur même zèle.

Cette ordonnance n'a pu avoir pour prétexte la prétendue négligence d'étude, puisque la comoedie, n'étant représentée que trois fois la semaine, ne commençant qu'à cinq heures trois quarts et finissant à huit heures, un divertissement si court ne peut distraire un étudiant en droit de ses études réglées et de son devoir.

Enfin les suppliants se croient en droit de vous représenter, Monsieur, qu'il est de la politique de votre prudence de rétracter ce qui vient d'être ordonné ; par ce sage règlement on empêchera mille maux ; les jeux, les débauches, et les excès en tout genre seroient le funeste fruit de cette prohibition ; au lieu que si on leur permet la continuation de cet honnête divertissement un chacun fera son devoir sans y être forcé, étudiera avec plaisir, et pour se délasser l'esprit et ménager son argent, il ira goûter le plaisir instructif du théatre, et profiter pendant deux heures des leçons qu'une morale mordante fait aux hommes.

A ces causes, les suppliants, qui ne cherchent rien tant que de montrer leur parfaite soumission, se retirent vers vous

Monsieur

A ce qu'il vous plaise, sans avoir égard à votre ordonnance du 21 janvier 1741, déclarer qu'elle demeurera dans l'inexécution touchant les suppliants et leur permettre en conséquence l'entrée aux spectacles et comédies.

Quoy faisant etc....

Etoit signé :

Le Vasseur de La Thyenloy, fisque du Collège des Bacheliers.

Un si chaleureux, si sincère et si charmant plaidoyer, le
« Recteur magnifique » de l'Académie de Lille l'accueillerait
certainement si vous lui adressiez en notre temps semblable
requête, écrite en une langue si pure, dont le secret semble,
hélas! perdu parmi les générations de nos élèves. Plus farouche,
le Recteur de 1741 ne daigna point y déférer. Il avait bien
assuré un Protecteur des étudiants, — qui nous le rapporte, —
qu'il bornerait son ordonnance aux philosophes (pour eux, à
ses yeux, le théâtre n'était pas une école à fréquenter); néanmoins, il fit condamner six légistes, trop confiants en sa
parole, à 30 sols d'amende et aux dépens (soit 20 florins); et
même — nous apprend le susdit ami des écoliers — l'exécution de la sentence s'accompagna de duretés froissantes, sous
forme d'un appel à la « manus militaris ». « Le Promoteur de
» l'Université, dit-il, non content d'un huissier qu'on lui avait
» accordé pour l'exécution de cette sentence, s'est ingéré de
» prendre des grenadiers et s'est transporté avec eux chez
» les bourgeois où ces écoliers demeuroient, ce qui a fait
» beaucoup de bruit dans le monde, fait murmurer tous les
» honestes gens et donner l'allarme parmÿ ces écoliers, qui
» paraissent tous consternés de cet affront. »

Aujourd'hui, Messieurs, les théâtres et divertissements, dans
leurs multiples *variétés*, nous tendent, si j'ose dire, des bras
accueillants. Vous prenez en maints endroits d'autres leçons
— sans doute — que celles du beau langage, de la politesse,
de l'art d'émouvoir, d'étonner et de ravir. Mais l'Université
libérale ne songe nullement, même dans l'intérêt de vos yeux
et de vos oreilles, à vous en interdire l'accès. Ce soir, donc,
assis, en un bon fauteuil à demi-place, écoutant dans le ravis-
sement la pièce à succès ou la chanson sentimentale du jour,
vous aurez une pensée attendrie pour vos prédécesseurs, les étudiants de l'ancien Régime, et vous bénirez, dans vos cœurs
émus délicieusement, la large tolérance qui anime la fin de
notre grand XIXe siècle.

**

M. Percerou lit ensuite son très intéressant rapport sur le concours
de fin d'année :

Monsieur le Doyen,

Messieurs,

Jusqu'ici, c'était devant l'Assemblée des professeurs que votre rapporteur rendait compte des résultats de nos concours annuels. Cette année, la Faculté a voulu qu'il en soit autrement : désireuse de donner aux concours plus de notoriété et de faire mieux connaître au dehors les travaux et les efforts méritoires des étudiants, elle a décidé que le rapport serait lu dans notre séance de rentrée. Votre rapporteur se félicite de cette innovation, puisque, grâce à elle, l'honneur de parler au nom de votre Compagnie se doublera du plaisir de faire publiquement l'éloge de nos meilleurs élèves. Et pourtant, si flatteuse que soit ma tâche, elle ne laisse pas de m'inspirer quelqu'inquiétude : dans l'exposé des matières tout-à-fait techniques qui font l'objet de nos concours, je crains d'être trop bref au gré des initiés, trop long au gré des profanes, et, au demeurant, de ne satisfaire personne. Mais je sais assez l'intérêt que cet auditoire tout entier porte à nos étudiants pour espérer que la substance d'un rapport qui leur est exclusivement consacré fera écouter avec patience le rapporteur.

Deux séries de concours étaient ouverts cette année à la Faculté de Droit : concours de doctorat, concours de licence. Pour le premier, la brièveté me sera facile. On ne parle pas des absents, et c'est par l'abstention que nos docteurs et nos aspirants au Doctorat ont répondu à l'appel de la Faculté. Le sujet choisi, « la garde des mineurs », offrait pourtant l'intérêt d'une étude à la fois juridique et sociale qui mettait en jeu les principes fondamentaux sur lesquels repose la famille. — D'autres que moi vous ont souvent fait part des regrets que nous inspire cette désertion trop fréquente des concours de doctorat. Ces plaintes sont inutiles à répéter, ennuyeuses à entendre. Mieux vaut se rappeler qu'il y a trois ans encore la Faculté couronnait un Mémoire d'un mérite réel, et espérer qu'à l'avenir cet exemple inspirera mieux nos futurs docteurs.

Plus riche heureusement est la récolte qui nous est fournie par nos trois années de licence.

Première année

Droit civil. — Le sujet du concours était « l'Extinction de l'Usufruit, » sujet qui n'offre pas de difficulté au point de vue du plan général et consiste plutôt en une série de dissertations faciles à enchaîner, mais dont quelques-unes sont matière à raisonnements délicats. Dans son ensemble, le concours est bon : sur six compositions, quatre ont été récompensées. Malgré quelques taches qui déparent la fin de son travail,

M. Lesguillon emporte sans conteste la première médaille, avec une
composition claire et complète, remarquable par la précision concise
du style. La seconde médaille a été très disputée entre MM. Morel
et Trampont : la composition de M. Trampont est mieux écrite, et,
si M. Morel l'emporte, il ne le doit qu'à une connaissance plus
approfondie du sujet et à une pénétration plus grande dans l'analyse.
Une première mention échoit à M. Trampont et une deuxième à
M. Levecque dont le travail mérite d'être encouragé.

Droit romain. — Les étudiants devaient traiter « Des divers
procédés employés à Rome pour constituer des sûretés réelles aux
créanciers. » Il fallait montrer comment les jurisconsultes romains,
perfectionnant sans cesse l'instrument du crédit réel, avaient passé de
l'aliénation fiduciaire au gage, puis du gage à l'hypothèque, mais à
l'hypothèque générale occulte : il était réservé aux législations modernes
d'achever cette évolution progressive en organisant la spécialité et la
publicité du régime hypothécaire. Bien qu'à vrai dire aucun des cinq
concurrents n'ait traité ce sujet avec toute l'ampleur qu'il comportait,
trois pourtant ont été jugés dignes de récompenses. La Faculté décerne
une première médaille à M. Trampont ; malgré des hors-d'œuvre,
notamment sur le droit d'hypothèque dont il présente mal à propos
une théorie complète, ses développements abondants et précis démon-
trent qu'il possède bien les éléments de la question : c'est plutôt
leur mise en œuvre qui fait défaut. — M. Vandermesche s'est mieux
rendu compte du sujet : chez lui pas de digressions inutiles, mais
les lacunes sont trop nombreuses et il n'obtient que la deuxième
médaille. Une première mention est accordée à M. Morel, dont la
composition n'est pas à une très grande distance de la précédente.

Économie politique. — Les concurrents étaient appelés à nous
parler de « Karl Marx ». Ce sujet, aussi vaste qu'intéressant, les a
bien inspirés : sur sept copies, deux seulement sont éliminées. —
Lauréat des concours précédents, M. Morel se classe encore premier
en économie politique. Après avoir tracé rapidement la biographie
de Marx et son rôle dans l'Internationale, il analyse ses doctrines,
sa philosophie déterministe, son matérialisme historique et sa méthode,
tantôt déductive (dans la théorie de la valeur), tantôt inductive (dans
l'exposé de l'évolution historique du régime de la propriété). Mais si
M. Morel expose avec impartialité, parfois même avec force, les
idées de Karl Marx, il ne s'y rallie pas pour autant : c'est ainsi
que, se servant du troisième livre du *Capital,* publié en 1895, il
critique très exactement la théorie de la valeur fondée sur le travail
et de la plus-value capitaliste. On peut regretter seulement qu'il
n'ait pas assez montré l'influence de Marx sur les partis socialistes
contemporains. — M. Tackemberghe obtient la seconde médaille : il suit
de près M. Morel; mais il ne réfute pas aussi solidement la théorie
marxiste de la valeur et, en outre, il commet une erreur sur

Lassalle et l'Internationale. — Bien qu'inférieures aux précédentes, les compositions de MM. Ameline et Trampont ont encore une réelle valeur : M. Ameline fait preuve d'un esprit plus original, et c'est pourquoi il l'emporte, avec une première mention, sur son rival, qui en obtient une seconde. — Quelques bons passages valent à M. Lesguillon une troisième mention.

DEUXIÈME ANNÉE

Je n'aurai pas, en rendant compte des concours de deuxième année, à chercher de nouvelles formules d'éloge. Les concurrents y ont été rares, et, dans ce petit nombre de bonnes volontés, ce n'est qu'en usant d'indulgence que la Faculté en a pu récompenser deux par concours. Ces trop rares lauréats connaissent à peu près les sujets proposés, mais la forme de leurs compositions laisse beaucoup à désirer; ils ne savent pas ordonner leurs idées. Cette infériorité ne serait-elle pas, pour une bonne part, le résultat du défaut d'assiduité de nos élèves aux conférences de seconde année? Tout a été dit sur les bienfaits des conférences, et ce n'est pas ici le lieu d'y insister à nouveau; mais je ne puis m'empêcher de constater une fois de plus que, sans elles, l'étudiant n'acquiert ni la méthode claire et logique ni la précision de pensée et de langage nécessaires à quiconque veut faire du Droit.

Cette faiblesse que je signale avec regret chez les élèves de seconde année, se fait remarquer d'abord dans leur *concours de droit civil*. Le sujet ainsi libellé : « Jusqu'à quel moment les privilèges et hypothèques valablement acquis peuvent-ils être inscrits » était pourtant classique : après avoir dit un mot de l'ancien droit et de la loi de Brumaire an VII, il convenait d'expliquer le régime du Code civil, de montrer les dérogations introduites par les articles 834 et 835 du Code de procédure, et enfin d'étudier le système consacré par la loi du 23 mars 1855. Aucun des concurrents n'ayant traité la question d'une manière très satisfaisante, la Faculté a le regret de ne pas décerner de première médaille : elle n'accorde qu'une seconde médaille à M. Beauchon, dont le travail, assez complet, offre malheureusement de graves défauts dans le plan, et une première mention à M. Hutin, qui n'a du sujet qu'une connaissance trop superficielle.

Droit romain. — Le droit romain n'a guère mieux inspiré les concurrents. Ils avaient à « exposer les principaux caractères qui rapprochent ou différencient les trois systèmes de procédure successivement en usage chez les Romains en indiquant rapidement les conséquences qui se rattachent à chacun de ces caractères. » Cet exposé comportait une double opposition : il fallait opposer d'abord les deux premiers systèmes (la procédure des *legis actiones* et la procédure formulaire) qui supposent tous deux la division du procès en deux phases, le jus et le judicium, au troisième système dit extraordinaire où cette division est ignorée. Puis on était amené à comparer entre eux les deux premiers systèmes et à mettre en relief le caractère essentiel de chacun : le formalisme dans les *legis actiones*, la formule dans la procédure formulaire. Les conséquences de détail se rattachaient tout naturellement à ces idées capitales. M. Beauchon, qui, cette fois encore, se classe le premier, n'a pas eu néanmoins l'intelligence complète du sujet : il donne au début un assez bon aperçu des caractères généraux des trois procédures, mais il manque de netteté et d'énergie quand il s'agit de préciser ces caractères et les différences fondamentales qui en découlent; il fait preuve aussi d'une grande inexpérience dans le classement et l'expression de ses idées. Ces défauts expliquent assez pourquoi la Faculté ne lui accorde qu'une seconde médaille. — Légèrement supérieure dans la forme, la composition de M. Gaston Hutin présente trop de lacunes pour mériter mieux qu'une première mention.

Le concours de *Droit pénal* est un peu meilleur que le précédent. Le sujet, « Des droits de la partie lésée sur l'action publique », était à la fois historique et juridique. Dès que la notion primitive de vengeance eut fait place à la distinction de l'action publique et de l'action civile, on dut se demander si ces actions seraient confiées toutes deux à la partie lésée ou si la seconde seule lui appartiendrait. La solution varia suivant les époques : d'abord très étendus sous le système de procédure accusatoire, puis restreints au fur et à mesure des progrès de la procédure inquisitoire, les droits de la partie lésée sur l'action publique apparaissent aujourd'hui comme le résultat de la combinaison lente de ces deux systèmes opposés. C'est dire qu'ils sont fort complexes : effets de la plainte avec constitution de partie civile devant le juge d'instruction, cas où le ministère public ne peut poursuivre sans une plainte préalable, toutes ces questions, et j'en passe, devaient être examinées. Aucune d'elles n'a échappé à M. Hutin, et tout de suite il trouve, pour les résoudre, l'argument décisif. Cette partie, purement juridique, de sa composition ne mérite guère que des éloges. Aussi, malgré l'insuffisance de la partie historique, la Faculté lui décerne une première médaillle. — A une certaine distance de la précédente se place la composition de M. Beauchon : un peu plus complet dans ses développements historiques, il n'a, par contre, ni la précision ni la sûreté d'analyse de M. Hutin, et, ici encore, il manque de méthode; une première mention lui échoit.

TROISIÈME ANNÉE

Droit civil. — « De l'inaliénabilité de la dot mobilière », ainsi était libellé le sujet. Il mettait nos étudiants en présence d'une des évolutions les plus intéressantes de la jurisprudence. A ne consulter que les textes, il est certain que la dot mobilière est aliénable; et pourtant une longue série de décisions judiciaires la déclarent inaliénable. A la suite de quelles transformations économiques, sous l'empire de quelles nécessités pratiques ce principe de l'inaliénabilité de la dot mobilière s'est-il introduit? Quel en est le sens et par quelles étapes la jurisprudence a-t-elle passé avant d'en dégager les conséquences extrêmes? Tels étaient les principaux points à examiner. Ils ont échappé à plusieurs des concurrents, et, sur cinq copies remises, la Faculté n'en récompense que deux. — M. Azambre obtient une première médaille. Sa composition, très méthodique, écrite dans un style facile et précis, se détache nettement au premier rang. L'auteur y fait preuve d'un sens juridique très développé et de connaissances solides. Je lui reprocherai pourtant une certaine disproportion dans ses développements : au lieu d'examiner avec un grand luxe de détails la question de savoir si la dot mobilière est inaliénable (question qui n'offre plus guère d'intérêt, puisqu'elle est tranchée par une jurisprudence définitive), il aurait mieux fait, à notre sens, d'analyser avec plus de soin cette jurisprudence. C'est ainsi qu'on aimerait à trouver dans sa composition des développements plus complets sur la théorie jurisprudentielle de la représentation des valeurs dotales par des paraphernaux. — Assez loin derrière M. Azambre, vient M. Jardel, auquel la Faculté décerne une mention. La composition de M. Jardel se recommande surtout par des qualités de forme; l'exposition est nette, le style élégant. Malheureusement, l'auteur connaît imparfaitement la question.

Législation financière. — La Faculté demandait aux concurrents d'établir une « comparaison entre les impôts fixe, proportionnel et progressif ». Pour faire cette étude, toute d'actualité, il s'agissait de montrer que l'évolution des législations a son point de départ dans l'impôt fixe et son aboutissement dans l'impôt progressif, en passant par l'impôt proportionnel et, comme dernière étape, par l'impôt dégressif. Il s'agissait aussi d'apprécier, au point de vue de la justice, la valeur de ces impôts et d'en indiquer les principales applications en France et à l'étranger. — M. Jardel a parfaitement rempli ce programme. Il examine successivement avec élégance et sobriété les trois espèces d'impôt et conclut avec force en faveur de l'impôt progressif, sans toutefois méconnaître les difficultés d'application pratique qu'il soulève. On ne peut guère reprocher à M. Jardel qu'une définition un peu étroite de l'impôt fixe et une esquisse trop rapide du projet, bien connu, d'impôt général progressif sur le revenu. Mais ces quelques taches ne jettent qu'une ombre légère sur son travail, qui est tout à fait digne d'une première médaille. — Une seconde médaille est accordée à M. Cacheux : sa composition est très complète, mais un peu confuse et lourde. — Très remarquable, au contraire, quant à la forme, celle de M. Dupire ne révèle qu'une connaissance beaucoup plus superficielle du sujet : elle obtient une première mention. — Une seconde mention est décernée à M. Rivière : son travail est le plus original de tous, mais cette originalité l'a conduit à des erreurs, par exemple à mettre un tableau de trop dans le tarif des patentes.

Droit maritime. — La Faculté avait mis au concours « Les inno-novations apportées par la loi du 12 août 1885 en matière d'assu-rances maritimes ». Le prix de Droit maritime, institué par la Chambre de Commerce de Dunkerque, est attribué à M. Roussel : malgré l'er-reur qu'il commet en prétendant que l'assurance de la prime n'est permise que depuis 1885, sa composition dénote des connaissances étendues et des qualités de clarté et de méthode qui justifient son classement. MM. Dhorne et Lenne obtiennent une mention *ex æquo;* il y a, dans leurs travaux, d'excellents passages; mais ils ont le tort de commettre la même erreur que M. Roussel et, en outre, d'exposer tout au long la théorie des assurances cumulatives, qui ne rentre pas dans les limites du sujet.

La libéralité de la Chambre de Commerce de Dunkerque n'est pas d'ailleurs un cas isolé : la Société des Amis de l'Université et la Société des Agriculteurs du Nord ont, elles aussi, fondé chacune un prix en faveur de nos élèves. Je suis sûr d'être l'interprète de tous, professeurs et étudiants, en apportant ici à ces généreux donateurs, la nouvelle expression de notre vive reconnaissance pour l'intérêt qu'ils témoignent à notre Faculté.

Le prix décerné par la Société des Anciens Elèves et Amis de l'Université « à l'élève de 3ᵉ année qui, ayant fait toutes ses études juridiques et subi tous ses examens à la Faculté de l'Etat de Lille, a obtenu dans ses examens les meilleures notes » est attribué à M. Jardel : nous espérons que ce brillant succès sera un nouveau stimulant de son ardeur au travail et qu'il présage des études de doctorat plus brillantes encore.

L'an dernier, la Faculté avait le regret de renoncer, faute de concurrents, à décerner le prix d'économie rurale, fondé par la Société des Agriculteurs du Nord. Aussi, nous félicitons-nous plus particu-lièrement que l'étude proposée sur le « Crédit hypothécaire et la propriété rurale en France » nous donne cette année l'occasion de couronner un Mémoire, celui de M. Merchier. Après avoir établi la nécessité du crédit en agriculture pour accroître la puissance productive du sol, M. Merchier distingue le crédit hypothécaire et le crédit agricole d'après l'objet du gage, sans montrer cependant qu'ils diffèrent aussi par leur but et leur fonction économique. Le sujet ainsi délimité, il trace une esquisse peu flatteuse de notre régime hypothécaire : défaut de publicité et de spécialité d'un grand nombre de charges hypothé-caires, insécurité du titre du constituant, exagération des frais pour les prêts sur hypothèque et les saisies immobilières, aucune de ces imperfections ne trouve grâce devant lui. La statistique de la dette hypothécaire rurale, son rapport avec la valeur de la propriété grevée, le taux moyen du prêt sur hypothèque sont ensuite indiqués, trop sommairement peut-être, et l'auteur clôt cette première partie de son travail par quelques chiffres sur le Crédit foncier. Il constate, non sans regret, combien les prêts que cette Société consent pour l'amélioration de fonds ruraux ont peu d'importance par rapport à la masse totale de ses opérations. — Cette étude critique de la situation actuelle amenait tout naturellement l'exposé d'un plan de réformes : le lauréat propose de soumettre les hypothèques à la double règle de la publicité et de la spécialité, de réformer dans le même sens les privilèges sur les immeubles et, avec le projet Darlan de 1896, de supprimer l'hypothèque judiciaire. Reprenant une idée émise à la commission extraparlementaire du cadastre, il voudrait même pour consolider le titre de propriété, introduire en France l'immatriculation d'après le système Torrens : projet peut-être trop ambitieux et d'une réalisation actuelle bien difficile. — En somme, malgré un style hâtif, parfois même incorrect, des défauts de méthode assez graves et quelques lacunes, le Mémoire de M. Merchier révèle un effort très méritoire ; c'est à ce titre que la Faculté l'a jugé digne de récompense.

J'ai terminé, Messieurs ; je voudrais conclure en quelques mots. L'impression qui nous semble se dégager de l'analyse de ces travaux, c'est tout d'abord que nos étudiants suivent et s'assimilent assez bien les cours qui leur sont offerts, et de ceci je les félicite ; mais c'est aussi qu'ils ont de leur tâche une conception trop étroite. Ils se contentent de reproduire les notions qui leur ont été données, sans chercher à organiser ces éléments, à dégager les idées générales qui dominent le sujet. Assurément ils doivent apprendre d'abord ; mais ils devraient aussi, selon nous, faire œuvre *de réflexion, de pensée personnelle* et de *composition*. Or, cette dernière partie de leur tâche, nos étudiants la remplissent mal.

Et, si vous voulez bien me le permettre, je profiterai de cette solennité qui réunit la plupart de nos élèves pour leur adresser en terminant quelques conseils. — Il faudrait tout d'abord, Messieurs les étudiants, étudier en réfléchissant beaucoup plus que vous ne faites. Assurément cherchez à retenir vos cours et vos lectures, mais encore plus, cherchez à comprendre. Le Droit n'est pas une science de pur raisonnement, faite de formules algébriques : aucune science n'est plus vivante au contraire. Derrière chaque règle juridique dont nos codes nous donnent une formule brève et abstraite, il y a des intérêts vivants, souvent essentiels pour l'individu ou pour la société : celui là seul qui les comprend, comprend aussi la loi. Pour employer une comparaison, il nous semble que l'étudiant qui lirait dans Balzac la faillite de César Birotteau et qui saisirait dans toute son ampleur ce drame commercial si vrai et si puissamment suggestif, aurait de la faillite, de sa raison d'être, de sa portée sociale et de son fonctionnement pratique une idée plus exacte que celui qui apprendrait par cœur les articles 437 et suivants du Code de commerce, fussent-ils même accompagnés de quelque aride commentaire. Car pour comprendre le droit il faut sans cesse, à travers le texte du Code, voir les intérêts, les passions engagés, et saisir les conséquences sociales de la loi.

Sans doute, dans nos cours, nous envisageons bien le droit de cette manière ; mais l'abondance des matières, que les programmes nous imposent, nous force trop souvent à n'exposer que les principes sans nous étendre suffisamment sur leurs motifs et sur leur mise en œuvre. Une Université a comblé cette lacune par la création d'une Ecole « de droit pratique. » Vous ne disposez pas ici de cette ressource : mais, pour compléter l'enseignement nécessairement un peu trop théorique de la Faculté, vous avez d'autres moyens peut-être meilleurs : l'étude de la jurisprudence, l'observation par vous-même dans des milieux divers, la fréquentation du Palais, de la Bourse, des Corps constitués, voire même des réunions publiques. Cette éducation pratique qui élargit l'esprit, cette formation de l'intelligence par *l'expérience et la réflexion personnelles* doivent être avant tout, vous le comprenez, le résultat de vos propres efforts : en cette matière, notre rôle consiste surtout à vous donner des conseils.

Mais il est un autre progrès à la réalisation duquel nous pourrions, si vous le vouliez bien, vous aider d'une manière plus efficace. Vous devriez vous exercer plus souvent à exprimer vos pensées personnelles en une forme définitive. Il semble que la plupart d'entre vous ignorent la composition, c'est-à-dire l'art d'ordonner et d'exposer ses idées. Ce défaut, déjà sensible dans vos examens, l'est plus encore dans vos travaux écrits, particulièrement dans vos thèses de doctorat. Vous vous étonnez parfois de ce que, malgré tous vos efforts, vous ne parvenez pas à *composer* une thèse : et pourtant rien n'est plus explicable. La composition est un art qui ne s'apprend pas en un jour, elle n'est en général que le fruit d'un travail soutenu et comme le couronnement de toute une série de bonnes études. Apprenez donc dès maintenant à classer et à exprimer vos idées. Soyez plus assidus aux conférences ; soumettez plus fréquemment à ceux qui les dirigent vos exposés oraux ou vos compositions écrites : nous les examinerons, je vous l'assure, avec autant de soin que de bienveillance. — Nous nous féliciterons de pouvoir, de cette manière encore, vous aider dans le développement de vos intelligences. C'est là notre mission et notre but. Par vos propres efforts, aidez-nous à l'atteindre.

La séance se termine par la distribution des récompenses aux lauréats des divers concours.

www.ingramcontent.com/pod-product-compliance
Lightning Source LLC
Chambersburg PA
CBHW061732180626
46818CB00006B/2576